Piccola Biblioteca Oscar

Dello stesso autore

nella collezione Oscar

Gli arancini di Montalbano
Le inchieste del commissario Collura
Il medaglione
Un mese con Montalbano
La paura di Montalbano
La prima indagine di Montalbano
La scomparsa di Patò

nella collezione i Meridiani

Romanzi storici e civili
Storie di Montalbano

nella collezione Scrittori italiani e stranieri

Il colore del sole
La Pensione Eva
Il tailleur grigio
Voi non sapete

nella collezione Varia di letteratura

Montalbano a viva voce (libro + 2 cd)

ANDREA CAMILLERI

RACCONTI QUOTIDIANI

A cura di Giovanni Capecchi

OSCAR MONDADORI

I edizione Piccola Biblioteca Oscar maggio 2008

ISBN 978-88-04-57847-5

Questo volume è stato stampato
presso Mondadori Printing S.p.A.
Stabilimento NSM - Cles (TN)
Stampato in Italia. Printed in Italy

www.librimondadori.it

Racconti quotidiani

Per i bimbi d'oggi il pollo ha sei cosce

Qualche decina d'anni addietro al nipotino d'un mio amico assegnarono un tema da svolgere a casa che pressappoco sonava così: "Parlate del vostro gatto". E come fare? Al picciriddo avevano sempre proibito, a malgrado di suppliche e pianti, di tenere animali domestici (e nella stessa classificazione dovevano rientrare magari i compagnucci di scuola, dato che non lo mandavano mai fora di casa). Munito di carta e penna, guardato a vista dalla madre affacciata al balcone, il bambino scese in strada e si appuntò le fattezze di un gatto randagio che transitava. Ne venne fora un tema nel quale si contava come equamente il suo gatto avesse tre zampe, un orecchio, la coda rosicchiata e la rogna diffusa. Queste cose aveva visto e queste aveva raccontate.

In famiglia quel compito fu a lungo motivo di grosse risate. «Bei tempi!» mi viene da esclamare ora. Perché quel bambino aveva in fondo fatto un ritratto "dal vero" come si diceva una volta, vale a dire rapportato alla natura, ancora legato alla realtà. Ma sempre più appare evidente come, giorno presso giorno, si faccia non drammatico ma addirittura tragico il divario tra la vita quotidiana in città e la natura. C'è un esempio di queste ore che mi appare terrificante. Un'agenzia specializzata ha fatto un'inchiesta tra bambini romani per conoscere se sapevano come era fatto un pollo. Ebbene i bambini, compresi mi pare in un arco che andava dai 3 agli 8 anni, hanno risposto a maggioranza che il pollo non esiste allo stato naturale ma viene prodotto in fabbriche apposite, vale a dire che è *artificiale*. Tanto artificiale che in commercio la fabbrica ne immette di due tipi: pollo crudo (per gli sfiziosi che se lo vogliono magari fare alla cacciatora) e pollo arrosto.

C'è molta incertezza tra i bambini sul numero delle cosce che ogni pollo possiede, c'è chi dice che ne abbiano sei e chi giura e spergiura che ne possiedano otto. Ad ogni modo c'è stato uno solo che ha affermato che il pollo di cosce ne ha due, ma è stato subissato da tagliate e parole di scherno. L'incertezza ha poi regnato sovrana sul numero delle ali: comunque i bambini sono arrivati alla comune conclusione che in un pollo il numero delle ali è sempre inferiore di gran lunga a quello delle cosce, tant'è vero che a tavola si portano più cosce che ali. La tragedia (permettetemi di chiamarla così senza ombra di ironia) aveva principiato però a mostrare la sua faccia qualche anno passato, quando dei bambini, sempre di città, avevano compreso, in un elenco di pesci, magari il "pesce-bastoncino". Scrivo queste righe e credetemi sudo freddo perché, vedete, questo è un abisso senza fondo. Vogliamo fare una scommessa? Sono pronto a fornire già da ora la risposta dei picciriddi se l'inchiesta venisse rifatta non dico tanto ma tra una decina d'anni: "Il pesce è un animale virtuale che naviga nelle acque virtuali dell'Internet. Per stanarlo dal suo sito la formula è: wwwzypescewzyx". Provo spavento: l'idea che un bambino possa pensare che un essere vivente venga fabbricato da un macchinario rappresenta ai miei occhi la corruzione, la distorsione peggiore che si possa commettere nei riguardi del cervello di un bambino. Perché tra l'altro, così facendo, lentamente ma sicuramente l'abituiamo al peggio. Quale peggio? Tra vent'anni, quando un altro nonno (non io, che intanto mi sarò felicemente chiamato fuori) domanderà al nipotino il nome dei suoi compagni di classe si sentirà rispondere: "Antonio, Antonio, Antonio, Antonio..."... "Ma come, si chiamano tutti uguali?" e il nipotino, meravigliato dalla domanda: "Ma sono cloni, nonno!".

È in arrivo la coda celere

Pare che quanto prima sarà messo in atto un provvedimento volto ad assestare un colpo mortale alla formazione di code più o meno lunghe davanti agli sportelli degli uffici pubblici. Consisterebbe nell'assegnare a ogni impiegato un tempo determinato per il disbrigo di ogni pratica: se tale tempo viene superato, l'ufficio viene ristrutturato. Come tutti sapete, "ristrutturazione" è parola minacciosissima. Credo di non essere stato chiaro nella spiegazione del provvedimento, ma tanto ho capito. Questo poco però mi basta per dire che tutta la faccenda mi pare una solenne utopia (chiamiamola così).

A mio avviso, non si tratta di tagliare la coda, ma la testa. Non quella dell'impiegato, per carità. Ma potare le norme, i bolli, le firme, le "adempienze" alle quali il povero impiegato è tenuto e che allungano incredibilmente i tempi per il disbrigo di ogni sia pur trascurabile pratica. E poi voglio dirla tutta: sento il dovere di dichiararmi contrario al provvedimento, io sono per il mantenimento delle code.

Ci pensino bene i riformatori. Le code, tanto più sono interminabili, tanto più sono utili ai rapporti umani: conosco vedove che si sono risposate con vedovi incontrati durante la coda per la riscossione della pensione, persone diventate amiche, solitari per destino e non per vocazione che hanno trovato una nuova famiglia. La cosa giova alla cultura: si leggono giornali, si parla di quello che si è visto in tv. Un mio giovane amico, dottore in legge e fattorino per necessità, ha letto tutto Proust davanti a uno sportello di conti correnti. E infine la coda serve a scaricare le tensioni accumulate: la stanchezza, il nervosismo, la consapevolezza del tempo perduto, spesso trasformano i codanti (si può dire) in esseri imprecanti, ululanti. Poi tutto finisce lì, dentro le mura di un ufficio. Ve l'immaginate se i codanti sfogassero la loro rabbia in famiglia o sulle piazze? La rivoluzione francese diventerebbe, a paragone, una fiaba per bambini.

Allucertoliamoci

Nelle case d'una volta era immancabile un barometro: quello nostro consisteva in una sorta d'orologio a muro, assai più piccolo naturalmente, incastonato su un supporto in legno floreal-liberty. Sul complesso quadrante c'erano numerose cifre di cui nessuno in famiglia seppe mai decifrare il significato, quello che importavano erano le scritte sulle quali si muoveva una sottilissima lancetta e che andavano da "bello stabile" a "tempesta". Ogni sera che Dio mandava in terra mia madre picchiettava leggermente con l'indice sul vetro del barometro e attentissimamente seguiva le minime oscillazioni della lancetta, poi invariabilmente esclamava «Bah!» e se ne andava a dormire.

La spiegazione di quella dubbiosa esclamazione, che veniva a significare una certa sfiducia nelle capacità di previsione dello strumento, l'ebbi da grandicello un giorno che si era scatenata una tempesta da fare spavento, tanto che mia nonna, come usava fare in questi casi, era andata a inserrarsi in uno stanzino senza finestre, seduta su una sedia di legno, interamente avvolta in una coperta di lana. Se ne sentiva solo la voce soffocata che recitava giaculatorie e poste di rosario. Fu in mezzo a quel tirribìlio che l'occhio mi cadde sul barometro: segnava, sordo a tutto, "bello stabile".

Passata la tempesta, dissi a mia madre che il barometro era guasto. Rispose che non lo era. Ribattei che l'avevo tenuto d'occhio e che durante tutta quell'iradiddio non si era cataminato dal "bello stabile". Mi spiegò che era riuscita, da tempo immemorabile, a fissare la lancetta in quella posizione. «Ma perché l'hai fatto?» spiai. Mi rispose che così andava a dormire tranquilla, e che quel «Bah!» era dovuto al fatto che lei in realtà sapeva come stavano le cose.

Dopo tanti giorni di "bello stabile", comincia a sorgermi il dubbio che qualcuno abbia fatto al barometro uno scherzo simile a quello che gli fece mia madre, ma all'inverso. Pur non essendo meteopatico, come invece lo è il mio fortunato commissario Montalbano, seguo con un certo interesse le previsioni televisive. Bene, ogni sera appaiono nuvolette e pioggerelle, immancabilmente smentite il giorno appresso da un sole primaverile. Come si spiega? Quelli che di queste cose di tempo ne capiscono, si arrampicano sugli specchi.

Io spiegazioni felicemente non devo darne e penso solo, altrettanto felicemente, a godermi queste inattese e benedette giornate nelle quali posso ancora allucertolarmi al sole romano. Sono siciliano e quindi in fatto di sole ho una certa esperienza: quello romano, soprattutto se c'è quando teoricamente non dovrebbe esserci, è un sole di pasta diversa. Distensivo e conciliante, ti fa capire il senso vero della vita e la sovrana stupidità delle passioni estreme. E la città stessa, attraverso le sue pietre fatte per essere vissute al sole, mostra il suo volto sereno e placido, totalmente indifferente a chi ora la chiama, come scrisse un poeta, «vacca rognosa», ora, con minore originalità, «ladrona». Un celebre sonetto di Belli, intitolato *Roma capomunni,* inizia così: «Nun fuss'antro pe' ttante antichità, bisognerebbe nasce tutti qui».

E quando ci si mette di mezzo anche questo sole incantato? La risposta la si può avere girando in questi giorni per le strade di Roma e osservando l'espressione e il comportamento dei turisti. Leggermente barcollanti, danno l'impressione di vagare dentro il migliore sogno che potessero fare, un sorriso stupìto e pacificato stampato sulla faccia. I loro gesti si fermano a mezz'aria in un tempo sospeso, i giapponesi si scordano persino di scattare fotografie. Stanno forse a pensare, nelle loro lingue diverse: "Non ci sono nato, pazienza. Ma devo proprio tornare a casa mia".

A noi, poveri anziani, lasciate almeno i vizi

Che la vecchiaia sia amara, è cosa saputa: ma che addolcirla di tanto in tanto con una caramelluzza che di foravìa ti passa un parente o un amico possa, in un prossimo futuro, addiventare materia di codice penale, è un pinsèro destinato ad ammaraggiare i giorni che mi restano da campare. Ho passato la sittantina, ma non me ne manca una: mi piace la birra, senza sigarette non ci so stare, me la scialo col cioccolato. In quanto al gelato, poi, la meglio è di non metterci parola: arrivo a fare sciarriate col mio nipotino di tre anni che sa raprìre il freezer. Capisco benissimo che una cosa è una caramelluzza e tutt'altra cosa l'elenco che ho appena scritto, da vero e proprio vecchio licco e cannaruto. Ma l'età m'ha fatto persuaso che una dose di pessimismo è necessaria a parare il peggio che immancabilmente arriva: parare non nel senso di evitare, ma di essere io stesso parato, pronto.

Qualcheduno m'accuserà d'esagerare e mi spiegherà che la sentenza della Cassazione la quale sostiene essere reato viziare una persona anziana si riferisce a una storia completamente diversa che non ci accucchia niente con quello che sto sostenendo. La sentenza in questione è stata fatta contro i parenti di una fimmina anziana che l'aiutavano a soddisfare certi suoi vizi con l'intento, pare, di goderne al più presto l'eredità. Ripeto: pare. Perché si può ragionarci sopra completamente arriversa (e mi meraviglia che un avvocato non ci abbia pinsato): io teutonicamente ti nego il bicchierotto o la sigarettuzza, manco se ti metti agginucchiuni te li concedo, tu crepi per un attacco d'astinenza e io mi sbafo la tua eredità, completamente a posto con la liggi e macari con la coscienza. È ragionato? Ma torniamo al principio. Il mio pessimismo nasce dalla spirenzia su come camminano le cose nel nostro bello e amatissimo Pàisi: certe volte vanno così lente che manco un vavaluci o lumaca che dir si voglia, certe altre battono un supersonico in corsa.

Questa mi pare una di quelle sentenze che i giudici ci potranno bagnare il pizzo come e quanto vogliono. «Principio sì giolivo ben conduce», diceva Matteo Maria Boiardo, e questo principio della Cassazione mi pare giolivo assai e capace di condurre ben lontano. Oltretutto assomiglia a un linzòlo elastico, tirabile da ogni parte. Vengo e mi spiego col primo esempio che mi passa per la testa. Quando mia mogliere nesci di casa per fare la spìsa, io le domando d'accattarmi ora la birra, ora le sigarette, ora cose liccùte. Lei, che è comprensiva, mi dice di sì: si limita a raccomandarmi di fare accùra, di non passare certi limiti. Ma se putacaso un giorno mi firrìa malamente perché ho il nirbùso con lei, vado al commissariato e firmo una bella denunzia: mia mogliere mi vizia. È un reato. Ed è fuori discussione che quello che mi porta a casa mi può diventare cagionevole, data l'età che mi ritrovo. "Ma tu non sei incapace di intendere e di volere" potrà dirmi il solito contraddittore. Vero è, ma la Cassazione macari a questo pinsò. Sostiene che non è richiesta la totale incapacità di intendere e di volere, che questa può anche essere limitata. E dopo i settanta che volete, che uno ragioni come quando era trentino? Una certa limitazione naturale sempre c'è. "Ma che ci guadagnerebbe la sua signora?" potrebbe spiarmi un altro ancora (contraddittori se ne trovano sempre). Alla peggio, verrebbe a godere di una straordinaria eredità di memorie (di soldi non se ne parla: a casa mia si faglia a dinàri, come si dice a tressette). E vogliamo mettere la svariante ricchezza della memoria con l'asciutta povertà di ogni presente? In conclusione, e per farla breve breve: questa sentenza non mi persuade, non me la conta giusta.

Il galateo perduto delle stagioni

C'è stata un'epoca, che appare sempre più remota, nella quale le stagioni erano oneste, non baravano, non folleggiavano, scrupolosamente mantenevano gli impegni millenari presi con l'uomo. A un solo loro mese le stagioni concedevano la libertà di sbizzarrirsi, al marzo-pazzo, mentre all'aprile, che T.S. Eliot chiamava «il più crudele dei mesi», era lasciata una certa ambiguità di comportamento. Dalle parti mie, in Sicilia, la saggezza popolare diceva: "Aprìli nun livàri e nun mintìri", in aprile non levare né mettere, non conveniva togliersi gli abiti invernali né coprirsi di più. Rarissime le eccezioni in questa totale coerenza di comportamento, e non è detto che queste variazioni producessero danno, anzi: se, ad esempio, pioveva d'agosto, il mio paesano contadino s'allegrava: "Acqua d'agustu fa ogghiu, meli e mustu", la pioggia agostana significava un ottimo raccolto d'olive, una buona annata per il vino, favi pieni di miele.

Su queste precise connotazioni delle stagioni l'uomo da secoli ci ha campato praticamente e non solo metaforicamente: tutta l'agricoltura si è basata sul regolare succedersi delle stagioni nel ciclo annuale. Addirittura nell'ottavo secolo avanti Cristo in Beozia, un saggio agricoltore ch'era anche poeta (ancora ne sopravvivono), Esiodo, scrisse in versi per il fratello Perse un trattatello sulla coltivazione dei campi che poi inserì ne *Le opere e i giorni*. Bene, questo trattatello occorrerebbe farlo rileggere alle stagioni d'oggi, farle diventare rosse per la vergogna: Esiodo, tanto per fare un esempio, diceva che l'inverno durava sessanta giorni, né uno in più né uno in meno. L'inverno di questi ultimi anni si passi allora una mano sulla coscienza, se ce l'ha, e ci dica se è così sicuro d'aver rispettato la sua presenza nei tempi e nei luoghi previsti.

A proposito di rispetto dei tempi d'arrivo e di partenza, vorrei aprire una parentesi. Chi si ricorda più delle mezze stagioni? Le rievoco per farle conoscere ai più giovani. Le mezze stagioni erano un atto d'estrema delicatezza e cortesia da parte delle stagioni intere: per risparmiare agli uomini il disagio di un brusco passaggio dal caldo al freddo, e viceversa, esse mandavano sulla terra una sorta di stagione intermedia e breve, preparatoria al caldo o al freddo. In questo periodo uno indossava i vestiti di "mezzo tempo", non troppo leggeri né troppo pesanti, e invece del cappotto pigliava lo "spolverino". Conservo nel mio armadio un completo di mezza stagione nuovissimo, ma vecchio (mi si perdoni l'apparente contraddittorietà) di una quindicina d'anni. L'avrò messo pochissime volte, poi mi è stato impossibile indossarlo perché le mezze stagioni all'improvviso sono scomparse. Una volta, tra l'altro, in un giorno preciso, avveniva il rituale del riporre negli armadi gli abiti pesanti per rimettere in circolazione gli abiti leggeri o viceversa. Oggi nessuno se la sente più di far sparire di colpo in naftalina i vestiti invernali perché è possibile che in mezzo a un'estate caldissima scoppino quindici giorni di freddo polare. Chiusa la parentesi.

Per tornare all'ondata anarchica che ha investito le stagioni, appare evidente che esse non hanno più voglia di rispettare i confini che secolarmente erano stati loro assegnati. Si era matematicamente e barometricamente certi che andando verso il Nord si trovava la neve e procedendo invece verso il Sud appariva il sole. Ma quando mai! L'incauto viaggiatore (è proprio il caso di dirlo) che in questi giorni si fosse recato ad assistere ad Agrigento alla tradizionale festa del mandorlo in fiore che una volta era l'annunzio della primavera (ah! ah!) avrebbe avuto la sorpresa di vedere gli alberi imbiancati non solo dai fiori del mandorlo, ma anche dalla neve; passando avrebbe visto lo Stromboli, «sempre rosso e fumante», come scrive un giornale, trasformato in un «gigantesco cono gelato». Un turista particolare, andato a Palermo per vedere la "vucciria" che conosceva solo attraverso la tela di Guttuso, è rimasto stravolto davanti a colori che più gli ricordavano certi pittori fiamminghi. Un bancarellaro gli ha offerto un'arancia dopo averla ripulita dalla neve. Il telegiornale ci ha mostrato bambini tunisini felici che giocavano a tirarsi palle di neve. Per un attimo ho temuto che le immagini successive fossero quelle di bambini eschimesi che giocavano a far castelli di sabbia. Così non è stato. Ma fino a quando? Verrà il giorno nel quale, chiusi nelle nostre case, ascolteremo con rimpianto l'ordine, l'armonia, la bellezza delle *Quattro stagioni* di Vivaldi?

Quando la guerra è questione di virilità

Come forse alcuni ricorderanno, tempo fa, in un magazzinaccio di Roma venne trovata abbandonata un'incredibile quantità di documenti dell'ufficio Affari riservati del ministero degli Interni, a lungo diretto dal prefetto Federico Umberto D'Amato, delle cui ricette di cucina, che pubblicava su un quotidiano, io sono stato appassionato lettore. D'Amato però, come risulta dai documenti, non cucinava solamente piatti sopraffini, ma allestiva anche ben altri piatti che serviva agli italiani ignari: depistamenti, attentati veri o falsi, controlli telefonici illegali e via di questo passo. In una riunione segretissima, l'ineffabile prefetto spiega, con orgoglio, come sia stato lui, con un disegno diabolico, a far uscire allo scoperto l'editore Feltrinelli (uscire allo scoperto sta a significare trovare orrenda morte su un traliccio per il casuale [!] scoppio di una bomba che l'editore stava confezionando).

Il diabolico disegno consisteva nella pubblicazione e nella diffusione di un tanto anonimo quanto ignobile libello intitolato *Feltrinelli guerrigliero impotente*. Impotente, non sarebbe neanche il caso di precisarlo dato il ben noto "esprit de finesse" del sullodato prefetto, sul piano strettamente sessuale. Toccato, diciamo così sul vivo, il povero Feltrinelli si sarebbe arrampicato faticosamente sul traliccio per dimostrare la sua virilità. Dal che si deduce che il prefetto i suoi piattini li ammanniva pure ai suoi più fidati collaboratori che fingevano di trovarli buoni.

Questa notizia, che ho letto sui giornali del 19 novembre, era preceduta da preoccupate informazioni sui venti di guerra che nuovamente spirano dalle parti del Golfo. Non avrei mai messo in relazione le due cose se non mi fosse tornato a mente un serio articolo apparso a settembre sul londinese «Sunday Times». La storia ci ha fatto imparare, secolo appresso secolo, che le guerre si scatenano per tre ragioni: l'economica, la religiosa, l'ideologica.

Ce ne fu una, e una sola, che capitò per una questione di corna: mi riferisco alla leggendaria guerra di Troia. Bene, a proposito dell'invasione del Kuwait da parte delle truppe irachene, il «Sunday Times» fornisce una spiegazione della quale il prefetto Amato assai si sarebbe compiaciuto.

Dunque pare che per lunghissimi venti anni, e precisamente dal sessanta all'ottanta, Saddam Hussein fosse virile solo in apparenza.

Mentre nella sostanza veniva a fagliare: il suo "lui" (non sto adoperando termini psicoanalitici, ma moraviani) a un tratto aveva proclamato uno sciopero senza preavviso. Sciopero, a quanto risulta al «Sunday Times», irriducibile, sordo a incentivi e a integrazioni. Di conseguenza lui (senza virgolette, cioè Saddam) progressivamente diventò svogliato, non aveva gana di niente, rifiutava persino il cibo. Per fortuna (o sfortuna, seconda del punto di vista) una coppia di medici cubani riuscì a far sì che "lui" ripigliasse a collaborare. Allora Saddam, ringalluzzito, per dimostrare al mondo d'esser tornato in gran forma, invase il Kuwait. Quindi non fu per il petrolio, come tutti abbiamo pensato, ma per motivi, chiamiamoli così, più bassi.

Ma chi gliela contò questa fantasia al giornale inglese? È risaputo che la faccenda, semmai, procede in senso inverso: assai frequentemente un'arma è adoperata come sostitutiva di un "lui" latitante. Perché se così non fosse, ne verrebbe di conseguenza che Adolf Hitler era cento volte meglio di cento Don Giovanni. E la conta non quadra.

Il ribaltone sotto le lenzuola

Il risultato del sondaggio di Metropoli per la rivista «Glamour», non lascia dubbio e ci arriva, a noi màscoli italiani, come una bella mazzàta sul collo: il 53 per cento delle fìmmine nostre dichiara di non avere mai provato un orgasmo, afferma insomma che da quell'esercizio sul matarazzo (o su qualsiasi altro supporto, macari addritta) non ci trae piacìri. È un fatto cògnito che con una mazzàta non si può discutere; al massimo al massimo si può rispondere con un'altra mazzata. Ma io, siciliano (e quindi appartenente a quella razza capace di spaccare un capello in otto, come notò già ai suoi tempi Cicerone), nipote da una latata del bell'Antonio e dall'altra latata di Paolo, soprannominato "il caldo", mi cimento a ragionarci sopra.

Anzitutto, un'osservazione sui numeri. Se la matematica non è una piniòne, viene a dire che al 53 per cento d'insoddisfatte corrisponde un 47 per cento di fìmmine che, al contrario, nell'usar col mascolo ne ricavan diletto (per dirla alla Boccaccio). Mi sento rincuorato, è una buona percentuale. Provatevi a leggere queste cifre come ci hanno abituato i politici nostri: la maggioranza è esigua, basta che appena quattro fìmmine nel segreto dell'alcova (come si usava dire una volta) si lascino sfuggire un «Dio mio» o un «Sì! Sì!» che avviene il solito italico ribaltone. E io invito i màscoli, appena questo succede, a farne immediata comunicazione a chi di ragione perché le agenzie ne diano notizia.

Il solito contraddittore a questo punto lo sento che insorge: che ci accucchia l'amore con la democrazia? Eccome, se c'entra! La democrazia, la parità tra le lenzuola (e macari senza linzòla) è il fondamento del piacere: la dittatura brutale o la minoranza che non accetta il suo ruolo generano quello squilibrio del rapporto che fa nascere l'insoddisfazione. Da tutte e due le parti, badate bene: perché mi volete spiegare qual è il piacere del màscolo con una fìmmina che non partecipa e macari se ne sta a contare le mosche sul soffitto?

E torniamo a quel 53 per cento d'insoddisfatte. Io ci vorrei parlare a una a una, macari da darrè una grata come si fa in confessione. Per fare solo qualche domanda. Per esempio: come stiamo a giaculatoria? Eh sì, perché per centinaia d'anni le fimmine che obbedivano all'obbligo coniugale dopo avere astutato tutti i lumi, dovevano recitare la giaculatoria: «Non lo fo per piacer mio, ma per dare un figlio a Dio». Lo so benissimo che i tempi sono cangiati, tant'è vero che non nascono più picciliddri, ma quella giaculatoria, ripetuta per qualche secolo, non può essere diventata una componente essenziale del Dna delle fimmine italiane?

E ancora: signora, lo sa esattamente che cos'è un orgasmo? Guardate che voi fimmine, che siete spesso di fantasia accesa, v'immaginate chissà che. Posso escludere che sia qualcosa di simile all'eruzione del Vesuvio che distrusse Ercolano e Pompei. La scala Mercalli l'orgasmo non lo registra, fortunatamente. E ancora: ha mai considerato, signora mia, che a certune basta mezzo bicchiere di vino (sto parlando in metafora) per ubriacarsi, mentre per certaltre ce ne vuole un fiasco e mezzo e macari l'oste in quel momento non dispone più di materia prima? E ancora: signora, accattando una medicina o un oggetto per la cucina, avrà certamente notato che c'è quasi sempre allegato un foglietto che dice «Istruzioni per l'uso». Non le è mai venuta l'idea di darle, queste istruzioni, al màscolo che ne trarrebbe il giusto insegnamento?

E per finire: signora, perché non si assume lei la colpa dei mancati orgasmi? Ma che cavolo d'omo è andata a sceglersi? E ora che ho assolto il mio dovere con il 53 per cento d'insoddisfatte, lasciatemi parlare con l'altro 47 per cento. Senza grate divisorie.

8 marzo, quando le mimose ingannano

Se devo proprio essere sincero sino in fondo, a me questa storia della Festa della Donna, che fanno cadere l'8 di marzo, non mi ha mai persuaso. Come non mi hanno mai persuaso né la Festa della Mamma né quella del Papà. Su quest'ultima, poi, mi viene addirittura da sghignazzare: noi padri siamo così certi della legittimità della nostra discendenza? Al di là di ogni ragionevole dubbio, come dicono gli americani? Certe leggi degli antichi Romani dimostrano che quelli, già all'epoca, un pensierino sulla faccenda ce l'avevano fatto. Lasciamo perdere, perché l'argomento è delicato assai.

Il fatto è che io, mentre entusiasticamente partecipo ad ogni festa comandata che mi risulta dal calendario, m'ammoscio invece quando si tratta di celebrare feste a comando. E tra i due tipi di feste ci corre una differenza grande quanto una casa.

Mi è capitato in questi giorni, nell'approssimarsi della Festa della Donna, di parlarne con altri màscoli. Tutti indistintamente hanno avuto la stessa reazione iniziale: hanno abbassato la voce e si sono guardati sospettosamente attorno. Quello che più di tutti ha dimostrato sgomento alla mia domanda, si è dichiarato il più entusiasta della Festa, e a gran voce proclamava la sua convinzione, in modo che le donne che in quel momento ci passavano vicino potessero distintamente sentirlo. Era chiaro che avrebbe festeggiato per esorcizzare in qualche modo la gran paura che le donne gli fanno.

Altri, che hanno affermato essere la festa non solo doverosa, ma sacrosanta, lo facevano in evidente malafede: antifemministi nel profondo del loro animo, la Festa dava loro l'occasione di passare una mano di colore alla loro facciata. Uno mi ha risposto che lui le donne le rispettava, ma che non trovava un solo motivo per festeggiarle. «Tu festeggeresti chi ti ha ammaccato l'auto?» Rimasi sorpreso: «Che c'entra l'auto?». E lui: «Guarda che a causa della donna ci abbiamo rimesso una costola e ci siamo giocati l'Eden». Io gli ho fatto notare che stava riesumando una storia vecchia. «Sarà vecchia» ha ribattuto lui «ma dura ancora.»

Un altro amico, del quale è a tutti noi nota la disgrazia d'avere in casa una moglie dal carattere insopportabile, mi ha risposto che, come ogni anno, avrebbe festeggiato la sua sposa alla grande. Non c'era ombra di ironia né nei suoi occhi né nella sua voce. Ma dovette intuire il mio stupore. «Vedi» mi spiegò «le sono grato perché il doverla quotidianamente sopportare mi avvicina sempre più alla santità.» A parere di un altro, che vede sempre e dovunque complotti, la Festa della Donna ci è stata imposta, attraverso media e persuasori occulti, dalla "Multmim", la quale sarebbe, sempre secondo lui, una potente multinazionale organizzata dai coltivatori di mimose. Insomma, non sono soltanto io a non esserne persuaso.

Prima di dire il mio perché, vorrei amichevolmente mettere in guardia le donne: si ricordino che i giorni festivi sono infinitamente inferiori a quelli che festivi non sono, non si lascino ingannare dal regalo delle mimose, la vecchia saggezza popolare c'insegna che "Passata la festa, gabbato lo santo". In quanto alla mia ragione di perplessità, essa è molto semplice. Quando ero picciotto, ci dicevano di onorare il pane, profumo della mensa, gioia della casa e via di questo passo. Per me la donna, dentro e fuori di casa, è sempre stata come il pane, necessario, indispensabile alla mia esistenza e alla mia sopravvivenza. Come l'aria. E a qualcuno è mai venuto in mente di istituire una Festa dell'aria che respiriamo?

E lo zingarello si nascose nell'armadio dell'Avvocato

Ci capitò una decina d'anni fa, a mia e a mia moglie, che tornando a casa, era una matina d'agosto con il palazzo deserto, trovammo la porta d'entrata completamente fora dai cardini. Ricordo che passammo una mezzorata sul pianerottolo non sapendo che fare: come màscolo e come capofamiglia sia pure spesso contestato, toccava a mia di entrare per primo, ma io ero scantàto, avevo paura che i ladri fossero ancora dintra. Risolsi per una momentanea abdicazione, trasì mia moglie e poco dopo mi rassicurò, tra l'altro i ladri non avevano fatto in tempo a portarsi via niente. Seguì, nel dopopranzo, gran consiglio allargato agli amici stretti e, come in un altro ben più famoso gran consiglio, finii con l'essere messo sotto accusa. Io, che quel consiglio avevo indetto, venni incolpato di non aver fatto mettere *ancora* le porte blindate. Passai i tre giorni appresso correndo da un negozio specializzato all'altro. Alla fine di questo lungo giro presentai a mia moglie tutti i preventivi raccolti. Facemmo, durante la nottata, lunghi calcoli e tristemente convenimmo che il preventivo più basso equivaleva al doppio della stima di tutti i valori che c'erano in casa, compreso un vasetto di terracotta accattato a una fiera e al quale tenevamo molto. La porta la facemmo riparare alla meglio e sta ancora lì.

M'è venuto questo ricordo appena ho saputo la notizia che due zingarelli, rispettivamente di tredici e di quattordici anni, hanno forzato la porta della storica Villa Agnelli di Villar Perosa nel Pinerolese. Il guardiano, sentito l'allarme, ha avvertito i carabinieri i quali hanno scoperto i due ladruncoli ammucciati dentro un armadio. Interrogati, hanno detto di non sapere che quella villa apparteneva all'Avvocato. E per forza! Come avrebbero potuto capirlo, povirazzi? Vi prego di leggere tra le righe: quella villa, storica viene definita, e dintra alla quale immagino che ci sia qualcosa di più del mio amato vasetto di terracotta, non è protetta da fili ad alta tensione, da telecamere a circuito chiuso, da congegni elettronici ultrasofisticati. Nossignore. Per tutta protezione ci sono un normale impianto di allarme e un guardiano (che a questo punto mi sento autorizzato a immaginare in là con gli anni e tanticchia claudicante) e una comune porta (mi correggo: comune in quanto porta, non comune in quanto storica). Tant'è vero che i due ladri minorenni riescono a penetrare all'interno della villa col banalissimo, tradizionalissimo impiego del piede di porco.

Ma vi pare cosa? La villa degli Agnelli?! Sono certo che i due zingarelli ci avrebbero rimesso la salute per forzare la villa di un commendator Brambilla qualsiasi! Devo rendere omaggio, ancora una volta, all'innata eleganza dell'Avvocato. Non sentite il leggero profumo di ottocentesca favola che la notizia emana? Non vi pare una pagina del libro *Cuore*? Gli ingredienti ci sono tutti: il ricco signore, i due ladruncoli, il vecchio guardiano e, tocco finale ed eccelso, l'accorrere della Benemerita che indossa per l'occasione l'alta uniforme col pennacchio. E i due carabinieri, pigliati per l'orecchio i ladroncelli, li riaccompagnano al campo nomadi sulla via dell'aeroporto. Gli unici a sbagliare, proprio all'ultimo, di scenario, sono i due zingarelli che, evidentemente inesperti e non avendo letto il libro *Cuore,* vanno a nascondersi dintra a un armadio, luogo in genere riservato agli amanti nelle *pochades*. Ma non si può pretendere la perfezione. Grazie di cuore, Avvocato, per aver reso possibile questo piccolo miracolo in giorni come quelli d'adesso, così grevi di notizie di cupe e sordide violenze.

Primo maggio. Portella e l'offesa di Scelba

L'offesa peggiore che l'onorevole Mario Scelba, ministro dell'Interno e siciliano, potesse fare agli innocenti morti di Portella della Ginestra e all'intelligenza degli italiani (ma dei siciliani in particolare) fu quella di sostenere in Parlamento che l'eccidio del 1° maggio 1947 non aveva retroscena politici di sorta: il bandito Giuliano e i suoi uomini avevano mitragliato uomini e donne, vecchi e bambini, riunitisi per la Festa del lavoro, di loro personale iniziativa. E che interesse aveva il bandito a farsi nemica una popolazione se non fosse stato certo di una protezione, di una copertura più solida di quella che intimoriti contadini potevano offrirgli? Questo si chiesero immediatamente siciliani e no. E non c'era bisogno di andare a cercare lontano per avere una risposta. Innanzi tutto, il bandito era stato una specie di braccio armato del separatismo siciliano (un verminoso intreccio tra mafia, estrema destra, agrari) il cui compito principale era quello di tenere lontana l'isola da ogni possibile trasformazione sociale. E chi si ribellava, pagava con la vita. Due nomi tra tanti di sindacalisti ammazzati prima di Portella: Accursio Miraglia (4 gennaio '47) e Pasquale Almerico (25 marzo '47). Mettendosi al servizio degli agrari e delle destre, Giuliano si era politicizzato e aveva fatto la pace con la mafia: da che parte quindi stesse i siciliani non se lo domandavano neppure. Intanto era successo che il 20 aprile del 1947, alle elezioni regionali, il Blocco del popolo, costituito da socialisti, comunisti e indipendenti di sinistra, aveva avuto un successo straordinario, nonostante le pressioni e le intimidazioni: 29 deputati contro i 20 della Democrazia cristiana. Si cominciò allora a parlare, sia pure in termini molto vaghi, di un possibile accordo tra sinistre e Dc per il governo dell'isola. Accordo che certamente avrebbe segnato la fine delle velleità delle destre. Dieci giorni dopo, venne recapitato l'ordine di sparare sui "comunisti". La strage di Portella ebbe una duplice valenza: vendetta contro i contadini e i lavoratori che avevano votato "contro", apertura di una frattura tra sinistre e Dc che rendesse impraticabile ogni accordo. Il professore Francesco Renda (lo stesso che quel 1° maggio avrebbe dovuto parlare a Portella come oratore ufficiale designato dalla camera del lavoro di Palermo), riporta, nella sua *Storia della Sicilia*, la lettera inviata per coincidenza proprio il 1° maggio 1947 dal segretario di Stato George Marshall all'ambasciatore americano a Roma James Dunn: «Il dipartimento di Stato è profondamente preoccupato del deterioramento delle condizioni politiche ed economiche italiane, che evidentemente stanno conducendo a un ulteriore aumento della forza comunista»...

Ecco: Portella della Ginestra, tra l'altro, recava un qualche sollievo alle preoccupazioni del dipartimento di Stato.

Io, quel 1° maggio, avevo 22 anni e stavo al mio paese in Sicilia, Porto Empedocle. Da noi la celebrazione della Festa del lavoro consisteva essenzialmente in una sfilata per le vie del paese dietro le bandiere rosse cantando l'*Internazionale* o, appunto, *Bandiera rossa*. Quando la manifestazione si sciolse, andai a bere un bicchiere di vino con un amico e me ne tornai a casa. Dopo un'oretta, bussarono alla porta, era un compagno, bianco in faccia, tremava, mi accennò confusamente che qualcosa era successa a Portella della Ginestra. Come aveva fatto la notizia ad arrivare così presto? Allora i telefoni erano scarsi, la televisione non esisteva, la radio non aveva ancora detto niente. Scendemmo in piazza, c'era una folla enorme, ricordo le persone commosse che si abbracciavano, un mio coetaneo democristiano mi corse incontro, mi strinse. Poco dopo sapemmo tutta la verità. Era una bella giornata, ma il sole mi si oscurò, ebbi l'impressione che si fosse levato un vento freddo, una morsa mi stringeva il petto e lo stomaco, tornai a casa, andai in bagno e diedi di stomaco. Avevo un insopportabile amaro in bocca. E da quel 1° maggio 1947 non sono più riuscito a bere un bicchiere di vino.

Miseria e nobiltà del barone pistolero

Sul finire del 1945, al mio paese, udii con le mie orecchie la voce di un vecchio militare, resa rauca dall'età ma ancora d'inconfondibile timbro guerriero, proclamare sdegnata: «Tempi duri si preparano! Non si può manco dare uno schiaffo a un operaio». E a chi gli domandava maggiori particolari sulla vicenda, contò che in mattinata aveva avuto una discussione con un meccanico che doveva ripararargli la vetusta automobile, che l'altro gli aveva «rispostiato» e lui l'aveva «messo a posto» con uno schiaffo. Il meccanico allora aveva reagito «ammuttandolo» e gridando: «Mani a posto, vecchio stolito! Se t'azzardi un'altra volta ti spacco le corna con tutto il rispetto!». Aggiungeva il vecchio militare che quell'inaudita reazione l'aveva costretto a ricorrere alle cure di un medico perché il cuore si era messo ad andarsene per i fatti suoi. Questo lontano episodio mi è tornato in mente paro paro leggendo, la settimana scorsa, che a Castellana Sicula il barone

Antonio Pucci di Benesichi ha avuto a che dire con un operaio (sempre loro!), tale Stefano Gagliardotto. Pare che la discussione, in un primo momento, si sia svolta per telefono. Il barone rimproverava Gagliardotto perché questi si era fatto dare delle attrezzature agricole da un amico del barone e non le aveva ancora pagate. A un certo punto, corrono parole vivaci. Perciò decidono, di comune accordo, di "ragionare" faccia a faccia dandosi appuntamento in un posto vicino alla piazza principale del paese. Appena Gagliardotto arriva con la sua macchina trova il barone Pucci che, Smith & Wesson in pugno, gli spara tre colpi, secondo la migliore tradizione western-sicula. Gagliardotto, evidentemente arrivato sul posto armato di sola dialettica, si rimette in macchina e via dai carabinieri a gran velocità. I militari della Benemerita vanno a casa del barone e questi conferma in pieno la versione dell'operaio: «Certo che gli sparai. Al telefono mi mancò di rispetto». Invece di ritirarsi in caserma con un inchino, i carabinieri, ormai irrimediabilmente tralignati da leggi che non conoscono più il doveroso rispetto verso la nobiltà, l'arrestano.

Il barone, ottenuti gli arresti domiciliari, per via dei suoi 75 anni, non riesce a capacitarsi perché si stia facendo tanto rumore per nulla. Egli sostiene infatti che non aveva nessuna intenzione d'ammazzare o ferire Gagliardotto, ma di aver voluto solamente «farlo scantare», fargli prendere un bello spavento. E aggiunge, a riprova delle sue intenzioni, che mai si sarebbe «sporcate le mani» con «uno come quello».

Tempi duri per i gattopardi superstiti, costretti a pigliarsi a male parole e a fare sparatine con "gintuzza". Il vecchio militare del mio paese era stato profetico. Dalla profondità abissale del mio essere soltanto un piccoloborghese, mi permetta, barone, una domanda: non le sembra che il suo gesto, conclusosi fortunatamente senza spargimento di sangue, rappresenti una caduta di stile? "Frustarlo a sangue avrebbe dovuto" commenterà sicuramente nell'aldilà qualcuno dei suoi antenati.

Nel suo *Codice d'onore* del 1895, il Dentale-Diaz (e con lui il Gelli, non il venerabile ma quello che sapeva tutto sui duelli) afferma che mai e poi mai un nobile può incrociare il ferro (o usare un'arma da fuoco, che è lo stesso) con persona di ceto inferiore. Mi dispiace, barone, ma lei sta ottenendo una doppia riprovazione: dalla classe operaia (non fanno altro che protestare!) e dalla Nobiltà. Lei è stato, ai bei tempi, un ottimo corridore automobilistico, ma ammetterà, non riesce più a stare al passo né coi tempi andati né con quelli d'oggi. I suoi motori hanno fuso.

Fa troppo caldo? Godiamocelo

Da due o tre giorni, da quando si è messo a fare il caldo che fa, non c'è telegiornale che non spunta con uno con la faccia uguale uguale a quella di un predicatore di Quaresima e ci viene a contare che la colpa è tutta nostra, inutile lamentarsi. Avete voluto usare il carbone? Ve la siete scialata col metano? Allora tenetevi il caldo e muti tutti. Questo è l'effetto serra, ci vengono a spiegare mentre ci talìano con l'occhio del maestro che sta per darti zero in condotta: è lo sviluppo industriale che ha fatto il danno. Io, che non possieggo industrie e che di metano me ne basta quanto ne serve a scaldarmi il caffè, però mi domando: siamo proprio sicuri che le cose stanno come ce le raccontano i quaresimalisti? Dalle mie parti c'è un proverbio antichissimo, secolare, che recita così: "Giugnettu, 'nzoccu haju iettu" che tradotto in bell'italiano suona "Giugnetto, tutto ciò che ho getto" e che ulteriormente tradotto viene a significare che il contadino che travaglia sui campi ai primi di giugno (ecco il perché del diminutivo) se non getta via tutti i vestiti che ha addosso non ce la fa più ad andare avanti col lavoro per il caldo che l'avvampa.

Come la vogliamo mettere? Al tempo in cui l'esperienza contadina coniò questo detto non c'erano ciminiere che fumavano e il fornello si accendeva una volta la settimana (quando andava bene) per fare il cotto. "Eh no, bella forza!" mi dirà il solito contraddittore "Tu ci vieni a citare un proverbio dal profondo Sud al quale appartieni e si vede da come scrivi. Se non fa caldo lì dove vuoi che lo debba fare?" D'accordo, non vale.

Allora porto la testimonianza di uno straniero. "Purché non sia svedese" dirà il contraddittore credendosi furbo. Lo straniero che cito era francese e si chiamava Henri Beyle ma lui si firmava Stendhal. Amava il nostro paese e soprattutto gli piaceva passeggiare per Roma. Siamo nel 1828, per la precisione il 2 di giugno. Stendhal comincia il diario così: «Fa un caldo soffocante. Il bisogno di un po' di fresco ci ha ricondotto in Vaticano». E per quel giorno si rinfresca ammirando le stanze di Raffaello. Il 5 di giugno la musica non cangia e il nostro amico è costretto a infilarsi tra gli alberi di una villa patrizia per godersi tanticchia d'ombra. E metto subito le mani avanti: non si è trattato della calura eccezionale di un'annata eccezionale. Difatti sei anni appresso scrive ancora nel suo diario sempre riferendosi al clima di Roma: «Il caldo impedisce di pensare». E dopo viene una nota che pare scritta da uno che si è perso in mezzo al deserto: «Pioggia, al fine!».

E mi voglio fermare qua non perché mi vengono a mancare altre testimonianze ma proprio perché non ce la faccio per il gran caldo che sta facendo in questo momento a mettermi a scartabellare libri. Ma in fondo, a considerare bene tutta la faccenna, si può sapere perché tutti se la pigliano col caldo? Io, per esempio, col caldo ci campo benissimo. Una volta ho fatto una gara di immobilità sotto il sole con una lucertola e ho vinto io. Quindi mi escludo. Ma vi chiedo: se non ci fosse il caldo, ve lo godreste così tanto il venticello serale immortalato da una canzone romana famosa? Se non ci fosse il caldo, come fareste a godervi tutta la grazia di Dio che erompe da minigonne e generose scollature? Se non ci fosse il caldo, come fareste a godere della sottile, argentina musica delle fontane di Roma? In tre frasi il caldo mi ha fatto scrivere tre volte il verbo godere, credetemi non è stato un errore. E allora, siccome il Signore, e non l'effetto serra, vuole così, godiamocelo questo caldo.

Un siciliano e la sua doppia vita

Quando di un uomo si dice che ha una "doppia vita", s'intende, generalmente, questo: che la prima delle due vite appare assolutamente rispettabile, mentre la seconda, di sicuro, rispettabile non lo è. La casistica, al riguardo, è infinita: tanto per fare un esempio consacrato dalla letteratura e dal cinema, si pensi al dottor Jekyll e a Mister Hyde. Qualcuno potrà sostenere che l'esempio è sbagliato, perché nel caso che ho citato non si trattava di una doppia vita, ma di uno sdoppiamento della personalità.

Ma allora basterà rifarsi alla cronaca quotidiana: leggiamo purtroppo spesso di ottimi, stimati padri di famiglia che abusano delle figlie minorenni; di rappresentanti della legge che nottetempo fanno i rapinatori assassini (la storia dei fratelli Salvi con la loro Uno bianca è esemplare); di magistrati apparentemente inflessibili, rigorosi, ma in realtà profondamente corrotti (e qui la prudenza mi invita a non portare esempi). Comunque sia, la conclusione è sempre la stessa: la prima vita ha un valore di facciata e si svolge perciò alla luce del giorno, la seconda – invece – è una vita notturna, si svolge nel chiuso più chiuso di un segreto.

Ma io qui voglio scrivere di altri casi di doppia vita nei quali la seconda non ha nulla di vergognoso, losco, delittuoso. Anzi.

«Carmina non dant panem» dicevano i Romani, e avevano perfettamente ragione. Non solo la poesia non dà pane, ma nemmeno la prosa o la saggistica. Nella nostra bella Europa, non si può campare scrivendo, per dedicarsi alla scrittura l'autore europeo deve assolutamente fare una "prima" vita. Anche stavolta qualcuno potrà ribattere che sto sbagliando: di doppio lavoro si tratta, non di doppia vita.

Eh, no. «La vita o la si scrive o la si vive» affermò una volta Pirandello. E quando sei messo nella condizione di volerla scrivere, contemporaneamente all'obbligo di viverla, la vita? Non ti resta che fare come Franz Kafka, impeccabile impiegato di banca di giorno e scrittore di notte. E quindi, siccome Kafka è passato alla storia come uno dei più grandi scrittori del Novecento e non come uno dei più grandi bancari, ne consegue che la sua vera vita era la seconda, quella esercitata di nascosto, e non la prima.

Su un caso di doppia vita che c'interessa da vicino vorrei soffermarmi oggi, perché si tratta di un siciliano certamente poco conosciuto dai suoi conterranei. Mi riferisco ad Antonio Pizzuto, nato a Palermo nel 1893. Pur provenendo da una famiglia che molti contatti aveva con i classici e con la poesia, Pizzuto si laurea in legge, vince un concorso, diventa poliziotto, fa una bella carriera, la conclude come questore. Non solo, viene nominato presidente della Commissione internazionale di Polizia criminale (credo sia l'Interpol...). Ma nei ritagli di tempo, o di notte, questo "sbirro" d'alto livello traduce Cicerone, Platone e Kant. Non è finita: andato in pensione, a 66 anni pubblica un romanzo, *Signorina Rosina*. I più importanti critici (non solo italiani) salutano il libro come un evento: si tratta certamente del romanzo più innovativo degli ultimi anni. Coi suoi scritti ulteriori, Pizzuto arriverà all'invenzione di una lingua nuova che segue regole musicali, non sintattiche. Non a caso il suo quinto libro s'intitola *Sinfonia*.

Confrontiamo le date. Nel 1958 il vecchio principe siciliano Tomasi di Lampedusa viene rivelato al mondo come l'autore di un libro nato "classico"; l'anno appresso il vecchio ex questore siciliano – Pizzuto, appunto – viene definito «il primo romanziere d'avanguardia nella letteratura italiana del Novecento». Due siciliani, due nomi della nostra storia letteraria.

Il mio debito con Simenon

Un pomeriggio dell'estate del 1932, avevo 7 anni, pigliai il coraggio a due mani e, approfittando della dormitina pomeridiana dei genitori, mi impadronii di una chiave proibitissima, salii una rampa di scale e mi trovai davanti alla porta del "tettomorto", il solaio. Intuivo che doveva essere un luogo pieno di tesori per le mie fantasie, ma l'accesso me ne era severamente negato. In effetti, oltre che inondato di polvere, era alquanto pericoloso: non essendo pavimentato, bisognava camminare da una trave all'altra, evitando le fragili traversine che si sarebbero potute spezzare sotto il peso. In più, una porticina, assai simile a quella di una gabbia per polli, s'apriva sulle tegole del tetto.

Mi scantavo che i battiti del mio cuore avessero potuto svegliare i miei che dormivano al piano di sotto: per mettere maggiore distanza tra me e loro, aprii la porta, trasii. Ci avevo inzertato, il "tettomorto" era un luogo fantastico, una miniera di occasioni per sogni: una vecchia macchina fotografica col treppiede e allato scatole di legno strapiene di lastre di vetro, un gigantesco apparecchio telefonico che pigliava una parete, rulli per pianola, i cerchioni dell'automobile del nonno (la macchina, una Scat, Società Ceirano Automobili Torino, stava invece nella cantina della casa di campagna, poggiata su dei trespoli di ferro).

In un angolo, alcuni sacchi di juta. Ne aprii uno: dentro c'era la raccolta del «Giornale dei viaggi di terra e di mare». Per me, un ritrovamento d'inestimabile valore, proprio perché già leggevo «L'avventuroso» e «L'intrepido». Aprii il secondo sacco. Era stipato di libri della Provaglio, di Sonzogno (la collana Economica), della Nerbini (i fascicoli della copertina colorata con le avventure di Fantomas, Petrosino, Nick Carter, Lord Lister). Agguantai a caso due libri dell'Economica Sonzogno e tornai giù dopo aver richiuso la porta. Rimisi a posto la chiave e corsi nella mia stanza a buttarmi sul letto. Il primo libro era di un tale Conrad; s'intitolava *La follia di Almayer*. Del secondo non ricordo il titolo, autore ne era tale Giorgio Sim. Ci misi quattro pomeriggi a mangiarmeli.

Tornai di nascosto nel "tettomorto" e portai giù altri due libri, uno di Ohnet e l'altro di Prevost.

Non mi piacquero già dalle righe d'inizio. Prima di rimetterli dentro, frugai nel sacco e trovai altri due libri di quelli che erano diventati ormai i miei autori preferiti: Sim e Conrad. Due giorni dopo mio padre mi sorprese a leggerli. «Sei stato nel tettomorto?» «Sì.» «Se mamma lo viene a sapere ti gonfia di botte. Se vuoi, te li scendo io dal tettomorto o te ne accatto di nuovi.» E così mi comprò i libri di una collana mondadoriana che si chiamava "Il romanzo dei ragazzi" e altri che riducevano classici della narrativa (vi lessi per la prima volta *Moby Dick*). Ma Sim mi mancava e pregai mio padre di comprarmene qualcuno. Papà non ne trovò e tentò di sopperire "prestandomi" i suoi primi gialli della Mondadori. Ma l'anno appresso, trionfalmente, mi portò un libro di Simenon, pubblicato nella serie "I libri neri". Ci rimasi deluso: «Ma non è lo stesso autore!». Mio padre mi spiegò che Sim e Simenon erano la stessa persona. Lessi il libro e subito mi feci capace che mio padre aveva detto la verità: Sim e Simenon erano veramente identici.

Questo che ho appena raccontato è l'inizio della mia vita in comune con Georges Simenon, anche se personalmente l'ho incontrato solo una volta. Da allora, pur leggendo di tutto maniacalmente, inseguivo Simenon che aveva la capacità di nascondersi perfino in collane di romanzi rosa o quasi. Un giorno, avvolto in una copertina arancione scuro con riquadri in nero, scoprii l'altro Simenon, quello di *45° all'ombra, Le signorine di Concarneau, Il viaggiatore d'Ognissanti*. Molti anni dopo, quando già lavoravo per la Rai, mi diedero l'incarico di delegato alla produzione per la serie dedicata al commissario Maigret, proposta da Diego Fabbri che ne avrebbe curato anche le sceneggiature in collaborazione con Romildo Craveri. Regista sarebbe stato Mario Landi.

Fabbri, Landi e io ci trovammo subito d'accordo perché Gino Cervi facesse la parte di Maigret. Cervi si dichiarò disponibile, ma ci fece chiaramente capire che per la parte della signora Maigret avrebbe voluto al suo fianco Andreina Pagnani che con lui aveva lungamente fatto compagnia. Portammo le foto dei due a Simenon, il quale si disse subito d'accordo per Cervi, esitò davanti alla foto della Pagnani. «C'è qualcosa che non va?» gli domandò Fabbri. «Maigret si è sposato giovane» rispose Simenon. Non capimmo. Simenon spiegò con una domanda: «Voi pensate che Maigret avrebbe potuto sposare una ragazza bellissima, se la signora Pagnani, oggi, è ancora tanto bella?». Promettemmo di lavorare molto di trucco sulla povera Andreina e tornammo a Roma.

L'incontro con Simenon non mi emozionò, lo conoscevo troppo bene attraverso i suoi libri, era per me uno di famiglia, una specie di zio (anche se, ma questo lo seppi dopo, la sua vita familiare non era stata del tutto piacevole). Giorno appresso giorno mi misi a seguire Fabbri nel suo lavoro di sceneggiatore. Egli letteralmente "smontava" il libro (anche materialmente, perché ne strappava le pagine ricomponendole in altro modo), e lo "rimontava" in vista dell'edizione televisiva. È così che io ho imparato il meccanismo del giallo all'europea, così in parte ho imparato il mestiere.

Ho questo grosso debito verso Simenon. Quando ho cominciato a scrivere i miei gialli, il problema è stato quello di differenziare Montalbano da Maigret. In parte credo di esserci riuscito, soprattutto nel modo di condurre l'indagine. Maigret si affida alle atmosfere, alle sensazioni, cerca di mettersi dalla parte del morto quasi identificandosi con lui e così capire le motivazioni del delitto. Montalbano cerca invece di ragionare, di scansare la ri-creazione dell'atmosfera. Dubita delle sensazioni. Ho inoltre fatto ricorso a un piccolo escamotage per accentuare la differenza tra i due (lo confesso per la prima volta). Maigret è felicemente maritato e sua moglie (quando lui non va a mangiare alla Brasserie Dauphine) gli prepara squisiti piatti. Anche a Montalbano piace mangiare: se maritato con una fimmina che non sapeva cucinare, avrebbe domandato il divorzio dopo qualche mese, se invece Livia avesse saputo stare in cucina, avrei fatto un doppione della coppia Maigret. Allora ho scisso la signora Maigret in due: la "cammarera" Adelina che gli prepara i piatti che piacciono a lui e la fidanzata Livia la quale, come vedete per ragioni del tutto letterarie, da troppo tempo aspetta che Montalbano se la sposi.

Ancora la mia vita con Simenon continua: ho ripreso a leggerlo via via che viene pubblicato in nuove traduzioni da Adelphi. Questo romanzo *Un gentiluomo tra i banditi*, che «La Stampa» pubblicò a puntate tra il 14 marzo e il 3 maggio del 1931, quando ancora Simenon si firmava Sim, mi ha portato violentemente indietro negli anni, forse perché, ripubblicandolo ora, si è voluto mantenere la traduzione d'allora: ho riprovato la stessa emozione, lo stesso entusiasmo di un pomeriggio d'estate del 1932.

Montalbano e la realtà, così nascono i miei gialli

Sempre più frequentemente mi capita di incontrare lettori che mi fanno domande di questo tipo: «Ma lei come fa ad inventarsi tutte quelle storie che racconta nei suoi romanzi?». Certe volte mi viene di rispondere con un'altra domanda: «Ma lei li legge mai i giornali? Non ci ragiona su una notizia?». Mi provo, per maggiore chiarezza, a inventarmi un racconto. O almeno la storia di un disperato signore sessantino, imprenditore di interessi svariati che vanno dall'edilizia alla metalmeccanica. Possiede anche, e questa nel racconto rappresenta l'immancabile vena ironica, un'azienda per l'allevamento degli struzzi. "Che c'è di tanto divertente?" voi vi domanderete. Beh, intanto gli struzzi sono quegli animali che usano nascondere la testa sotto terra e così si mettono in condizioni di non vedere e di non sentire. Naturalmente questo signore non sa dire di no a certe offerte politiche, diventa consigliere provinciale di un partito, poi presidente di una Usl. Qui incappa in una inchiesta che due pm stanno conducendo e gli piomba sulle spalle nientedimeno che una domanda di arresto. Che però non viene mai eseguito perché il capo dei due pm si oppone all'arresto. Questo capo aveva visto giusto negando l'arresto, tant'è vero che il mio protagonista, cioè l'imprenditore, se la cavò al processo con l'assoluzione. Se il capo dei pm avesse aderito alla richiesta dei due vice, avremmo avuto un innocente in carcere.

A questo punto nel quale tutto sembra chiaro, io mi faccio venire una bella, addirittura pirandelliana idea: mi invento che il capo dei pm, quello che ha salvato dalla galera il mio eroe, venga accusato di concorso in associazione mafiosa, processato, sospeso dal servizio e condannato a dieci anni. Nel corso del mio racconto mi guarderò bene dallo spiegare al lettore se quel giudice al momento di decidere sull'arresto del mio protagonista stesse agendo da complice o da giudice onesto. Così è se vi pare, direbbe Pirandello. E io, umilmente mi associo. Andiamo avanti. Il mio protagonista imprenditore intanto continua nella sua fortunata attività. Possiede una trentina di camion, svariati terreni, trenta e passa appartamenti. Insomma, a farla breve, un capitale che supera i venticinque miliardi. Certo non tutte le proprietà sono a lui intestate (come farebbe a star dietro a tutte, pover'uomo?), ma anche alla moglie e ai figli. Un brutto giorno però comincia la sfortuna. I soliti pm (non i primi due, altri) indaga oggi indaga domani giungono alla conclusione che la ricchezza del mio protagonista sia il risultato di operazioni illecite.

E siccome questa volta non c'è un provvidenziale capo dei pm che gli eviti l'arresto, il povero imprenditore va a finire in galera. Colpevole o innocente non ci interessa. E dato che dalle mie parti c'è un proverbio molto espressivo, nel mio racconto lo voglio adoperare. Dice così: "All'annigatu petri d'incoddru". Che significa disgrazia su disgrazia, non solo stai annegando, ma ti lapidano per buon peso. E infatti al mio eroe arriva tra capo e collo un provvedimento della sezione Prevenzione che gli sequestra tutti i beni. E qui mi pare arrivato il momento di inserire nel mio racconto una nota decisamente grottesca, capace di far muovere al sorriso i miei lettori. Cosa posso andare a inventarmi? Ah, ecco, ho trovato, anche se a qualcuno la mia modesta invenzione potrà apparire stiracchiata o esagerata. Mi invento che per la creazione e l'attività di una stazione dell'Arma dei carabinieri, non essendo possibile fabbricarne una ex novo, si affitti una costruzione da adibire a caserma. Quando l'ufficiale giudiziario si mette all'opera per sequestrare i beni del mio protagonista, si viene a trovare davanti alla caserma, perché, almeno per la metà, essa è di proprietà dell'imprenditore che si trova in galera. In parole povere, i carabinieri, o chi per essi, pagando mensilmente il fitto, contribuivano, senza saperlo e naturalmente senza volerlo, all'accrescimento delle fortune del mio eroe. Tutti qui. Mi sembra una bella storia che arricchirò via via scrivendo, l'importante è che adesso la trama regga. Solo che questa storia non me la sono inventata. L'ho letta para para nei giornali siciliani. E perciò non venitemi più a domandare come faccio a "inventarmi" le storie che racconto. Non me le invento, semmai le rielaboro fino a non farle più riconoscere come notizie di cronaca.

E anche i detective in Italia hanno un'anima

Gli ufficiali della polizia americana, per come ci è stato dato di conoscerli attraverso libri e film, sono in genere duri e cattivi e non vanno oltre al grado di tenente, chissà perché. Colombo è un'eccezione grossa quanto una casa. I tenenti della polizia americani appena un poliziotto privato s'intromette nelle indagini vedono rosso, minacciano di mandarlo in galera o, nel più benevolo dei casi, di ritirargli la licenza: a momenti, sarebbero più contenti di spedire sulla sedia elettrica un detective privato con una scusa qualsiasi che un vero assassino con tanto di prove e controprove. Rarissima la collaborazione tra il pubblico e il privato sul tipo di "io ti do una cosa a te, tu mi dai una cosa a me".

Se non può minacciarlo o arrestarlo, il cattivo tenente (per carità non mi riferisco a Keitel o allo straordinario film di Ferrara) insulta il poliziotto privato. E come lo insulta? Lo chiama annusalenzuola, guardone, vale a dire abbassa di livello il tenore delle indagini che in genere il detective privato usa svolgere circoscrivendolo alla sola caccia agli adulteri. Ora come volete che in un mondo di tenenti-lupi possano sopravvivere poliziotti privati-agnelli se non travestendosi essi stessi da lupi? Attenzione al verbo che ho adoperato: travestendosi. Perché in realtà, a guardarlo più da vicino, il detective privato è assai meno duro di quanto appare.

Prima di tutto cade spesso in una sorta di malinconia che lo piglia non dopo una sbronza, che quello sarebbe magari giusto, ma appena è calato il sole, la stessa precisa cosa che inteneriva il core ai naviganti secondo Dante. Quando sono colpiti da questo tipo di malinconia, la prima cosa che fanno i detective privati americani è quella di andarsi a nascondere per non farsi azzannare dal tenente-lupo, carezzano i capelli ai bambini, rifiutano di andare a letto con le loro bellissime clienti che sempre sono pronte ad offrirsi.

Questa storia delle bellissime clienti che si danno immancabilmente al detective privato che hanno assunto è proprio, credo, la ragione per cui i tenenti, gialli d'invidia, diventano cattivi nei loro confronti. Perché i tenenti sono regolarmente sposati con donne sempre sull'orlo di una crisi di nervi che vanno in giro dicendo: «Chi me l'ha fatto fare a maritarmi con un poliziotto?». E poi i cazzotti, le mazzate, le pallottole, se vanno a finire sul corpo di un poliziotto privato fanno un certo effetto, su quello di un tenente ne fanno un altro. Si può dare il caso di un detective privato che venga, nell'ordine: pigliato a calci in bocca, a mazzate di baseball sulle costole, a calci nel basso ventre e ferito di striscio da una rivolverata al fianco. Bene: due ore dopo sta facendo furiosamente all'amore con la solita splendida bionda. Un tenente, invece, dopo lo stesso trattamento, urla d'orrore se un'infermiera lo sfiora.

Per intenderci coi termini nostrani: i poliziotti privati americani sono penali, i poliziotti privati europei sono civili. Esattamente come le cause. Anzitutto, trovatemi un europoliziotto, dico uno, che se ne vada in giro con uno di quegli impermeabili zozzi e borchiati che usavano indossare Humphrey Bogart o Robert Mitchum. Guardate il detective privato numero uno: Tom Ponzi. Sarà stato magari un pochino di taglia forte, ma gli abiti che indossava erano pulitissimi e d'ottima fattura. Un poliziotto privato americano è capace di starsene tre giorni senza mangiare bevendo solo whiskey (all'americana, appunto), ma voi ve lo vedete un poliziotto alla Tom Ponzi che se ne sta tre giorni senza tagliatelle? E poi come si fa ad essere duri e spietati con commissari di polizia che si chiamano Maigret, Derrick, De Luca e persino Montalbano?

L'europoliziotto sa adeguarsi benissimo alla società nella quale vive e si contenta di quello che gli passa il convento. Non si occupa solo di pedinamenti di mariti e di mogli di dubbia condotta, c'è ben altro: si va dal controspionaggio industriale alla ricerca di persone scomparse. Tutte cose che si fanno senza bisogno d'avere una mira infallibile. E poi, anche se si trattasse di caccia agli adulteri, vi pare faccenda da niente con questo Viagra consumato a quintali?

Scalfaro sullo schermo? Sì, tra Spectre e spaghetti

Ma lei vuole davvero babbiare? Come fa a domandarmi qualche soggetto di film sul nostro Presidente per contrastare gli americani che sfornano in continuazione pellicole sui Presidenti loro? Non la vede lei stesso la differenza? Mi trovi un nostro presidente, uno solo, che abbia combattuto coi marines o che, ogni mattina che il Signuruzzu manda sulla terra, indossata la felpa, principia a fare footing o quello che è. Questo, per esempio, ci taglia fora da due filoni che incontrano molto: quello d'azione (dato che i Presidenti loro sono stati istruiti nelle arti di guerra) e quello erotico-sportivo (è cosa cògnita che i Presidenti loro usano interrompere il duro esercizio fisico con frequenti intermezzi amatorii). Ad ogni modo, considerato l'assegno che lei mi promette, in tre nottate passate vigliante ho buttato giù qualche idea.

L'infanzia del Presidente (film per tutti, genere: agiografico). Il Presidente ha una decina d'anni. L'azione si svolge in un campeggio di boy-scouts in montagna. Il nostro piccolo eroe, dopo una serie di azioni coraggiose (tra l'altro abbatte da solo a colpi di bastone un'aquila che aveva aggredito un compagno ebreo e malaticcio), viene a sapere, attraverso segnali di fumo, che in cima alla montagna c'è un vecchio montanaro che vuole confessarsi, ma è impossibile raggiungere la sua capanna perché la tormenta naturalmente infuria. Il nostro piccolo eroe convince un prete, alcolizzato e miscredente, a seguirlo. Affrontati pericoli d'ogni tipo (lupi, orsi bianchi, yeti, valanghe), arriveranno alla meta: il montanaro confesserà il furto d'una gavetta col rancio durante la guerra '14-18, il prete ritrova la fede e il nostro piccolo eroe viene promosso boy-scout capo. Regista ideale: Ermanno Olmi. Bisogna evitare di farne un film tipo Unione Sovietica degli anni belli, ispirarsi piuttosto alle tavole illustrate di Beltrame per la «Domenica del Corriere» e al «Piccolo alpino» di Gotta.

Il Presidente contro la Spectre (film per tutti, genere: spionistico-avventuroso). Durante una delicata missione all'estero, il Presidente si lascia sfuggire che la sua pasta preferita è la De Checcos, prodotta da un traditore della Spectre (Sindacato Pastari E Cannellonari Tramanti Riscossa Estrema). Al Presidente, narcotizzato, viene inserita sottopelle una potente microspia (simile a quella trovata nello studio di un ex Presidente, del Consiglio però) che ne capta persino i pensieri. E così la Spectre, per sottrarre il Presidente alla dipendenza dalla De Checcos, assolda lo spietato John Barillas il quale, travestito da domenicano scalzo... Qui mi fermo, ma gli sviluppi sono facili. La conclusione sarà che il Presidente, tornato libero e padrone della sua volontà, cangerà tipo di pasta ogni giorno. Regista: Perelli, quello della *Piovra*. Evitare però di farci entrare la mafia.

Pres e Pif (film per tutti, genere: cartone animato). Lo spunto iniziale è questo. Pres (il Presidente) si è accorto che ha la meglio in delicate trattative perché i suoi interlocutori sono distratti da un interrogativo: cadranno o no gli occhiali a Pif (Pifùni, l'assistente del Pres) dato che li tiene in un equilibrio impossibile? Da qui la coppia escogiterà una serie di virtuosismi per incastrare gli avversari. Se i disegnatori vogliono rifarsi agli animali, Pres è una vecchia volpe, Pif un tapiro.

Sto pensando ad altri tre soggettini: *Il Presidente e le Camicie verdi* (alla John Ford, per intenderci); *Il Presidente e il Cavaliere nero* (genere: cappa e spada, ambientato nelle steppe lombarde) e infine *Il tornado* (dove un gruppo di terroriste, travestite da ballerine di flamenco, penetra nel Quirinale. Dovrò consultare però Pieraccioni).

Di più o di meglio, dato il materiale, non posso fare. Suo Andrea Camilleri.

Il giorno che i morti persero la strada di casa

Fino al 1943, nella nottata che passava tra il 1° e il 2 di novembre, ogni casa siciliana dove c'era un picciliddro si popolava di morti a lui familiari. Non fantasmi col linzòlo bianco e con lo scrùscio di catene, si badi bene, non quelli che fanno spavento, ma tali e quali si vedevano nelle fotografie esposte in salotto, consueti, il mezzo sorriso d'occasione stampato sulla faccia, il vestito buono stirato a regola d'arte, non facevano nessuna differenza coi vivi. Noi nicareddri, prima di andarci a coricare, mettevamo sotto il letto un cesto di vimini (la grandezza variava a seconda dei soldi che c'erano in famiglia) che nottetempo i cari morti avrebbero riempito di dolci e di regali che avremmo trovato il 2 mattina, al risveglio.

Eccitati, sudatizzi, faticavamo a pigliare sonno: volevamo vederli, i nostri morti, mentre con passo leggero s'avvicinavano al letto, ci facevano una carezza, si calavano a pigliare il cesto. Dopo un sonno agitato ci svegliavamo all'alba per andare alla cerca. Perché i morti avevano voglia di giocare con noi, di darci spasso, e perciò il cesto non lo rimettevano dove l'avevano trovato, ma andavano a nasconderlo accuratamente, bisognava cercarlo casa casa. Mai più riproverò il batticuore della trovatura quando sopra un armadio o darrè una porta scoprivo il cesto stracolmo. I giocattoli erano trenini di latta, automobiline di legno, bambole di pezza, cubi di legno che formavano paesaggi. Avevo 8 anni quando nonno Giuseppe, lungamente supplicato nelle mie preghiere, mi portò dall'aldilà il mitico Meccano e per la felicità mi scoppiò qualche linea di febbre.

I dolci erano quelli rituali, detti "dei morti": marzapane modellato e dipinto da sembrare frutta, "rami di meli" fatti di farina e miele, "mustazzola" di vino cotto e altre delizie come viscotti regina, tetù, carcagnette. Non mancava mai il "pupo di zucchero" che in genere raffigurava un bersagliere con la tromba in bocca o una coloratissima ballerina in un passo di danza. A un certo momento della matinata, pettinati e col vestito in ordine, andavamo con la famiglia al camposanto a salutare e a ringraziare i morti. Per noi picciliddri era una festa, sciamavamo lungo i viottoli per incontrarci con gli amici, i compagni di scuola: «Che ti portarono quest'anno i morti?». Domanda che non facemmo a Tatuzzo Prestìa, che aveva la nostra età precisa, quel 2 novembre quando lo vedemmo ritto e composto davanti alla tomba di suo padre, scomparso l'anno prima, mentre reggeva il manubrio di uno sparluccicante triciclo.

Insomma il 2 di novembre ricambiavamo la visita che i morti ci avevano fatto il giorno avanti: non era un rito, ma un'affettuosa consuetudine. Poi, nel 1943, con i soldati americani arrivò macari l'albero di Natale e lentamente, anno appresso anno, i morti persero la strada che li portava nelle case dove li aspettavano, felici e svegli fino allo spàsimo, i figli o i figli dei figli. Peccato. Avevamo perduto la possibilità di toccare con mano, materialmente, quel filo che lega la nostra storia personale a quella di chi ci aveva preceduto e "stampato", come in questi ultimi anni ci hanno spiegato gli scienziati. Mentre oggi quel filo lo si può indovinare solo attraverso un microscopio fantascientifico. E così diventiamo più poveri: Montaigne ha scritto che la meditazione sulla morte è meditazione sulla libertà, perché chi ha appreso a morire ha disimparato a servire.

Elogio del vecchio contrabbando

Il mio catanonno (da noi è il nonno del nonno) si chiamava come me. Alla fine del '700 (o pressappoco) era proprietario e comandante di una speronara, la *Maria Immacolata*, con la quale soprattutto faceva contrabbando di seta tra Malta e la Sicilia. Ma conosceva tutti i porti del Mediterraneo.

Sua moglie, madre di una caterva di figli frutto dei soggiorni in terraferma del contrabbandiere, era costantemente atterrita dal marito e dai temporali. Appena c'era malottempo, correva a chiudersi in uno sgabuzzino senza finestre, seduta su una sedia di legno coi piedi sollevati da terra e interamente nascosta, testa compresa, sotto una pesante coperta di lana. Un po' come Hamm all'inizio di *Finale di partita* di Beckett. Quando la vedeva così, il contrabbandiere si metteva a santiare e usciva di casa sbattendo la porta. Poi macari lui invecchiò e non ce la fece più a mettersi per mare. Costretto a starsene a casa, la moglie lo contagiò delle sue paure. Andò a finire che nello sgabuzzino le sedie diventarono due e l'uomo non santiava più, ma, sotto la sua coperta, recitava giaculatorie e avemarie con la moglie.

Questa storia me la contò più volte mia nonna, forse con un fine educativo. Per nonna lo aveva certamente avuto, nel senso che durante i temporali macari lei si metteva una coperta in testa dentro uno sgabuzzino. Su di me invece produsse l'effetto opposto: a 5-6 anni, anche se il lampo e il tuono mi facevano venire la tremarella, sfidavo, non visto, la pioggia beccandomi micidiali raffreddori. M'immaginavo sul ponte di comando della *Maria Immacolata*, sovraccarica di seta di contrabbando, in piedi come il catanonno, a sfidare la furia degli elementi.

Poi è successo che sono diventato a mia volta nonno. Ho atteso con ansia che il mio nipotino crescesse per potergli raccontare con orgoglio che il catanonno del nonno (avrei dovuto sudare per spiegargli il grado di parentela) era stato un contrabbandiere. E gli avrei macari raccontato un'altra storia, cioè di quando gli equipaggi di due pescherecci, con sigarette di contrabbando a bordo, salvarono gli uomini di una motovedetta che li inseguiva e che si era venuta a trovare in difficoltà. Cose da libro *Cuore*, da buonisti, si direbbe oggi. Invece so che storie di contrabbandieri a mio nipote non potrò più contarne. Oggi i contrabbandieri vanno in giro con macchine blindate e rostrate. E ammazzano i bambini.

Preferisco che mio nipote continui a vedere i mostri dei cartoni animati giapponesi. Almeno sono finti.

La videospia nel telefonino

«Micina, micina mia, dove sei? Che sta facendo la mia micina dolce?», «Micina tua è dal parrucchiere, cicciotto adorato.» E invece Micina sua è in tutt'altre faccende affaccendata che è bene Cicciotto non sappia mai e sulle quali è meglio stendere un pudico velo.

Si potrebbero citare centinaia, migliaia di menzogne, grandi e piccole, rese possibili dall'invenzione del telefono cellulare. E se è vero che la bugia è un peccato che porta dritto dritto all'inferno (ma questo tipo di colpa dev'essere stato declassato, anche l'inferno, come tutti i luoghi di pena, patirà di sovraffollamento) allora si può ragionevolmente affermare che l'invenzione del cellulare è stata un geniale colpo di coda del Diavolo. Sono convinto che il numero di telefonini esistente in una nazione riveli esattamente il tasso di menzogna presente in quella nazione. Ma, a stare alle ultime notizie, la pacchia sta per finire.

Stiamo entrando in un'epoca di perestrojka universale. Il Diavolo dovrà correre ai ripari inventandosi un altro aggeggio. Insomma, è in corso di sperimentazione da parte della British Telecom e della Nortel Networks, un telefonino con telecamera e schermo incorporati. In parole povere, questo viene a significare che chi ti chiama sul tuo cellulare contemporaneamente "vede" dove tu ti trovi, se sei solo, se sei in compagnia e via elencando. Le mogli gelose permetteranno al marito (e viceversa) solo telefonini con telecamera e schermo. Tutti, da tutto il mondo, con un colpo di telefono, saranno a conoscenza di quello che tu in quel momento stai facendo. D'altra parte, rifiutando un telefonino di questo tipo, autorizzi ogni sospetto.

Ma vi pare cosa? Non ho mai avuto il senso degli affari, ma stavolta azzardo una previsione: questo cellulare, da noi, avrà scarso successo.

E la renna incornò Babbo Natale

Il quarantino James Emery, americano di Belleforche nel South Dakota, è, a quanto pare, perfettamente convinto d'essere un Babbo Natale doc. Come tutti sanno, all'avvicinarsi del 25 dicembre, dagli Stati Uniti a Canicattì, i Babbi Natale compaiono a decine di migliaia: si tratta però di Babbi Natale, come dire, di complemento. Indossano la divisa per qualche giorno, invogliano i bambini a farsi accattare i regali, ma poi, passata la festa, si spogliano e ripigliano le loro civili occupazioni. Emery invece no, egli è in servizio permanente effettivo. Raccontano infatti le cronache che egli vinse nel 1975, in occasione della festa nazionale del 4 luglio, il primo premio per il migliore carro allegorico. E sapete com'era vestito? Da Babbo Natale. Il 4 di luglio! Va bene che siamo nel South Dakota, ma sempre luglio è! Avrebbero dovuto dargli una medaglia al valore per avere avuto il coraggio d'indossare abiti fatti per la neve in piena scattìa di caldo!

Bene, James Emery possedeva tre renne, una renna màscolo e due renne fìmmine. Altrimenti che Babbo Natale è? Solo Babbi Natale dilettanti o di second'ordine possono andarsene in giro su un'automobile o un motorino. Naturalmente mister Emery cura le sue renne con estrema attenzione, non fa loro mancare niente, le nutre con bocconcini prelibati. Ma il cuore di James batteva più forte alla vista di una delle due renne fìmmine, non è che la coccolasse più delle altre, ma l'inclinazione affettuosa non sfugge a un occhio attento. E ci può essere occhio più attento di quello di Casper, unico màscolo del trio? E venne la stagione degli amori, quando i màscoli diventano d'umore cagionevole e basta un niente a farli infuriare. Un giorno che James carezzò un po' troppo a lungo il muso di una delle due sue mogli, Casper scattò, agguantò Babbo Natale e lo sollevò alto sulle sue corna. Chi di corna ferisce, di corna perisce (proverbio che mi sono inventato al momento).

Invano il povirazzo tentò di districarsi da quelle ramose corna: niente, più si agitava e più s'impigliava. Dovette principiare a domandare aiuto, morto dalla vergogna per la figura che stava facendo, un Babbo Natale incornato da una renna, cosa da squalificazione a vita. Finalmente qualcuno accorse e tentò di dargli una mano d'aiuto. Niente da fare. Accorsero altri e finalmente venne trovata una soluzione tipicamente americana: Casper, pigliato con un "lazo", dovette calare le corna (anche metaforicamente).

Il seguito della vicenda è però triste e, a mio parere, magari educativo. Mentre James tornava a vestirsi da Babbo Natale come se niente fosse successo, il povero Casper traeva le conseguenze da quello ch'era capitato: aveva avuto uno scontro con l'uomo per un attacco di gelosia, era stato sconfitto (sia pure perché contro di lui si erano messi in tanti) e detronizzato, era dunque un perdente, doveva abbandonare il campo. Se ne fece una malattia, tanto da morire di crepacuore pochi giorni appresso il fatto. Rigoroso esempio di coerenza morale, mentre tanti òmini, al contrario, non solo pèrdono, ma hanno il coraggio di dire che hanno vinto. Ma, a parte questa storia, i tempi che corrono non sono più buoni per Babbo Natale. No, non illudetevi, cari genitori, non si tratta di una diminuzione di domanda di giocattoli da parte dei picciliddri, anzi. Pare che i grandi negozi americani ritengano oramai inutile la presenza di un Babbo Natale che passeggi avanti e indietro, sonando la campanellina, davanti alle loro vetrine. E sapete perché? Perché i bambini americani, anziché scrivere la tradizionale letterina, si consultano col computer, scelgono quello che a loro più piace, l'ordinano e lo mettono in conto alla carta di credito dei loro genitori. Spodestato dagli Stati Uniti, Babbo Natale sopravvive ancora in terre meno computerizzate. Ma ha sicuramente i giorni contati. Qualche superstite lo si potrà vedere, in futuro, tra le foreste della Lapponia. Come lo yeti, che a questo punto comincio a credere sia un antenato del nostro Babbo Natale.

Postfazione

di Giovanni Capecchi

Tra gli scritti di Andrea Camilleri, a fianco dei romanzi ambientati nella Sicilia della seconda metà dell'Ottocento, dei "gialli" che hanno come protagonista il commissario Salvo Montalbano, dei saggi pirandelliani, delle pagine riguardanti il teatro, la televisione, la regia e il cinema, occupano un ruolo significativo, anche se spesso trascurato, i numerosi articoli giornalistici e tra questi, lasciando da parte le rare recensioni e i corsivi nei quali vengono commentati fatti di cronaca o eventi politici, appaiono particolarmente interessanti gli interventi che si collocano in una posizione intermedia tra i veri e propri racconti e le semplici cronache. Si tratta di prose che potremmo definire "racconti quotidiani": pagine scritte da un cantastorie capace di partire da un fatto realmente avvenuto per avviarsi sui sentieri dell'immaginazione o su quelli, non meno affascinanti, del ricordo autobiografico.

I *Racconti quotidiani* sono stati scritti tra il 1997 e il 1999 e sono apparsi sui tre giornali con i quali l'autore ha collaborato in modo significativo a partire dagli anni in cui la sua notorietà è cresciuta a tal punto da far parlare di un autentico "caso letterario": «Il Messaggero» (sul quale Camilleri ha scritto tra il giugno del 1997 e l'agosto del 1998), «la Repubblica» (con i circa cinquanta interventi pubblicati sull'edizione siciliana tra l'ottobre del 1997 e il gennaio del 1999) e «La Stampa» (con una collaborazione iniziata nel giugno del 1998). Ed è proprio per dar conto di questa produzione di Camilleri, di queste pagine che meritano di superare, attraverso una raccolta in volume, il loro carattere di corsivi "di un solo giorno", che, d'accordo con il loro autore, abbiamo pensato di pubblicare questa antologia che ripropone (e, per i più, propone per la prima volta) ventuno interventi giornalistici, escludendo sia gli articoli di carattere meramente cronachistico sia i veri e propri racconti che pure sono apparsi su «La Stampa» alla fine degli anni Novanta, dagli otto episodi che hanno come protagonista il commissario di bordo Cecè Collura (ora in Oscar Mondadori con il titolo *Le inchieste del commissario Collura*) a *La rivolta dei topi d'ufficio* (28 febbraio 1999) e ai racconti apparsi nel settembre del 2000 sotto il comune titolo di *Storie di Vigàta e dintorni*.

Leggendo questi interventi emerge con chiarezza quella che possiamo definire «la vocazione del cantastorie». Camilleri, prendendo spunto da un fatto di cronaca o da una data particolare del nostro calendario, costruisce un racconto utilizzando l'inesauribile fantasia o rievocando momenti della vita passata. Il riferimento alla notizia di cronaca che ha attirato la sua attenzione è talvolta solamente accennato o relegato ai margini, ma anche quando si trova all'inizio dell'intervento assume un carattere singolare rappresentando il momento di passaggio dal mondo reale a quello del racconto. Appaiono significativi, per esempio, gli esordi degli interventi intitolati *Il ribaltone sotto le lenzuola* e *Scalfaro sullo schermo? Sì, tra Spectre e spaghetti*, in cui lo scrittore, anche se riferisce il fatto reale, allontana da sé la veste grigia del cronista per indossare l'abito scintillante del cantastorie che si esprime con la consueta lingua che mescola italiano e dialetto siciliano:

> Il risultato del sondaggio di Metropoli per la rivista «Glamour», non lascia dubbio e ci arriva, a noi màscoli italiani, come una bella mazzàta sul collo: il 53 per cento delle fìmmine nostre dichiara di non avere mai provato un orgasmo, afferma insomma che da quell'esercizio sul matarazzo (o su qualsiasi altro supporto, macari addritta) non ci trae piacìri.

> Ma lei vuole davvero babbiare? Come fa a domandarmi qualche soggetto di film sul nostro Presidente per contrastare gli americani che sfornano in continuazione pellicole sui Presidenti loro? Non la vede lei stesso la differenza? Mi trovi un nostro presidente, uno solo, che abbia combattuto coi marines o che, ogni mattina che il Signuruzzu manda sulla terra, indossata la felpa, principia a fare footing o quello che è. Questo, per esempio, ci taglia fora da due filoni che incontrano molto: quello d'azione (dato che i Presidenti loro sono stati istruiti nelle arti di guerra) e quello erotico-sportivo (è cosa cògnita che i Presidenti loro usano interrompere il duro esercizio fisico con frequenti intermezzi amatorii).

Il dato reale rappresenta fondamentalmente un pretesto narrativo. Camilleri racconta creando dialoghi immaginari tra sé e «il solito contradditore» o tra protagonisti inventati, come Micina e Cicciotto: «"Micina, micina mia, dove sei? Che sta facendo la mia micina dolce?", "Micina tua è dal parrucchiere, cicciotto adorato." E invece Micina sua è in tutt'altre faccende affaccendata che è bene Cicciotto non sappia mai e sulle quali è meglio stendere un pudico velo» (*La videospia nel telefonino*). Oppure racconta parlando di sé, della paura di fronte alla porta del proprio appartamento scardinata dai ladri («come màscolo e come capofamiglia sia pure spesso contestato, toccava a mia di entrare per primo, ma io ero scantàto, avevo paura che i ladri fossero ancora dintra. Risolsi per una momentanea abdicazione, trasì mia moglie e poco dopo mi rassicurò», *E lo zingarello si nascose nell'armadio dell'Avvocato*) o della sua golosità («Ho passato la sittantina, ma non me ne manca una: mi piace la birra, senza sigarette non ci so stare, me la scialo col cioccolato. In quanto al gelato, poi, la meglio è di non metterci parola: arrivo a fare sciarriate col mio nipotino di tre anni che sa raprìre il freezer», *A noi, poveri anziani, lasciate almeno i vizi*).

Senza dubbio l'elemento autobiografico risulta una componente fondamentale dei *Racconti quotidiani* che, proprio per questo, permettono di chiarire alcuni aspetti del carattere e del pensiero di Camilleri. Ne emerge così il legame nei confronti di usanze del passato che sembrano immolate sull'altare della modernità, con Babbo Natale che è destinato a scomparire nell'era di Internet: «E sapete perché? Perché i bambini americani, anziché scrivere la tradizionale letterina, si consultano col computer, scelgono quello che a loro più piace, l'ordinano e lo mettono in conto alla carta di credito dei loro genitori» (*E la renna incornò Babbo Natale*). Oppure traspare con evidenza l'amore nei confronti delle donne, palpabile nelle pagine dei romanzi in cui le figure femminili rivestono ruoli fondamentali e dichiarato in occasione della festa dell'8 marzo di fronte alla quale esprime le sue perplessità: «Quando ero picciotto, ci dicevano di onorare il pane, profumo della mensa, gioia della casa e via di questo passo. Per me la donna, dentro e fuori di casa, è sempre stata come il pane, necessario, indispensabile alla mia esistenza e alla mia sopravvivenza. Come l'aria. E a qualcuno è mai venuto in mente di istituire una Festa dell'aria che respiriamo?» (*8 marzo, quando le mimose ingannano*).

Ma un altro elemento emerge da questi *Racconti quotidiani*: il legame indissolubile con la propria terra, la Sicilia, divisa tra speranze di cambiamento (*Miseria e nobiltà del barone pistolero*) e drammi presenti o passati, come la strage di Portella della Ginestra del 1° maggio 1947:

> Io, quel 1° maggio, avevo 22 anni e stavo al mio paese in Sicilia, Porto Empedocle. Da noi la celebrazione della Festa del lavoro consisteva essenzialmente in una sfilata per le vie del paese dietro le bandiere rosse cantando l'*Internazionale* o, appunto, *Bandiera rossa*. Quando la manifestazione si sciolse, andai a bere un bicchiere di vino con un amico e me ne tornai a casa. Dopo un'oretta, bussarono alla porta, era un compagno,

bianco in faccia, tremava, mi accennò confusamente che qualcosa era successa a Portella della Ginestra [...]. Poco dopo sapemmo tutta la verità. Era una bella giornata, ma il sole mi si oscurò, ebbi l'impressione che si fosse levato un vento freddo, una morsa mi stringeva il petto e lo stomaco, tornai a casa, andai in bagno e diedi di stomaco. Avevo un insopportabile amaro in bocca. E da quel 1° maggio 1947 non sono più riuscito a bere un bicchiere di vino (*Primo maggio. Portella e l'offesa di Scelba*).

La Sicilia è la regione in cui sono nati e hanno vissuto alcuni scrittori sempre tenuti presenti da Camilleri, da Pirandello a Sciascia e a Pizzuto, la cui storia viene raccontata in *Un siciliano e la sua doppia vita*. Ma è anche il luogo dell'infanzia, dei ricordi circondati dal fascino che ricopre le storie del tempo passato. È la terra in cui, fino al 1943, il 2 novembre non rappresentava una ricorrenza luttuosa ma una festa gioiosa per i bambini che aspettavano con trepidazione i doni portati dai cari defunti (*Il giorno che i morti persero la strada di casa*); la terra degli affetti e dei ricordi familiari, con la madre che manometteva il barometro per dormire tranquilla e la nonna che durante i temporali andava «a inserrarsi in uno stanzino senza finestre, seduta su una sedia di legno, interamente avvolta in una coperta di lana» (*Allucertoliamoci*). È la terra del catanonno (il nonno del nonno) che commerciava di contrabbando seta tra Malta e la Sicilia e che viene ricordato il giorno in cui le cronache parlano di due turisti investiti dalla macchina di un contrabbandiere. Dalla realtà attuale a quella passata, dalla cronaca dolorosa al ricordo di se stesso bambino che, durante i temporali, imitava il catanonno nel mare in tempesta:

> ... a 5-6 anni, anche se il lampo e il tuono mi facevano venire la tremarella, sfidavo, non visto, la pioggia beccandomi micidiali raffreddori. M'immaginavo sul ponte di comando della *Maria Immacolata*, sovraccarica di seta di contrabbando, in piedi come il catanonno, a sfidare la furia degli elementi (*Elogio del vecchio contrabbando*).

Del resto gli spunti autobiografici non si presentano solamente come racconti di storie di altri tempi. Hanno spesso anche il merito di offrire notizie utili per comprendere il carattere della narrativa di Camilleri. Prendendo spunto da un fatto concreto relegato ai margini dell'articolo (le nuove edizioni dei romanzi di Simenon pubblicate da Adelphi), il padre del commissario Montalbano ripercorre le tappe del suo "debito" con lo scrittore belga: il primo incontro con un libro di Simenon, in una calda estate del 1932 o del 1933; l'incarico di delegato alla produzione per la serie televisiva dedicata al commissario Maigret ricevuto dalla Rai; il lavoro al fianco dello sceneggiatore Diego Fabbri che gli permette di entrare in contatto con il meccanismo del "giallo"; i "conti" fatti con Simenon nel momento in cui anche Camilleri decide di scrivere le storie del commissario Montalbano (*Il mio debito con Simenon*). E non mancano importanti informazioni riguardanti il carattere del protagonista dei suoi racconti polizieschi:

l'umanità del commissario di Vigàta, in omaggio al "giallo" all'europea e in contrasto con quello americano (*E anche i detective in Italia hanno un'anima*); lo stretto contatto che lega anche le storie di Montalbano alla realtà circostante (*Montalbano e la realtà, così nascono i miei gialli*).

Di fronte alla realtà che lo circonda l'atteggiamento di Camilleri appare generalmente disincantato e ironico. Tra le stagioni dell'anno regna la più assoluta anarchia e mentre il telegiornale ha mostrato immagini di bambini tunisini che giocano tirandosi palle di neve, Camilleri teme per un attimo che le immagini successive inquadrino bambini eschimesi che giocano a far castelli di sabbia (*Il galateo perduto delle stagioni*). Tutti si lamentano per l'eccessivo caldo del mese di giugno e lo scrittore siciliano, dopo aver ricordato il diario romano di Stendhal che registrava, proprio in giugno, «un caldo soffocante», pone la sua voce fuori dal coro degli scontenti: «Io, per esempio, col caldo ci campo benissimo. Una volta ho fatto una gara di immobilità sotto il sole con una lucertola e ho vinto io» (*Fa troppo caldo? Godiamocelo*). Il già citato sondaggio rivela che il 53 per cento delle donne italiane dichiara di non aver mai provato un orgasmo e Camilleri, dopo aver preso le difese della razza virile e aver immaginato un suo personale colloquio con le «fimmine» scontente «macari da darrè una grata come si fa in confessione», conclude con un sorriso ammiccante: «E ora che ho assolto il mio dovere con il 53 per cento d'insoddisfatte, lasciatemi parlare con l'altro 47 per cento. Senza grate divisorie» (*Il ribaltone sotto le lenzuola*). Di fronte all'emanazione di un provvedimento che ha lo scopo di assestare un colpo mortale alla formazione di file più o meno lunghe davanti agli sportelli degli uffici pubblici, si schiera a sostegno del mantenimento delle code:

> Ci pensino bene i riformatori. Le code, tanto più sono interminabili, tanto più sono utili ai rapporti umani: conosco vedove che si sono risposate con vedovi incontrati durante la coda per la riscossione della pensione, persone diventate amiche, solitari per destino e non per vocazione che hanno trovato una nuova famiglia. La cosa giova alla cultura: si leggono giornali, si parla di quello che si è visto in tv. Un mio giovane amico, dottore in legge e fattorino per necessità, ha letto tutto Proust davanti a uno sportello di conti correnti. E infine la coda serve a scaricare le tensioni accumulate: la stanchezza, il nervosismo, la consapevolezza del tempo perduto, spesso trasformano i codanti (si può dire) in esseri imprecanti, ululanti. Poi tutto finisce lì, dentro le mura di un ufficio. Ve l'immaginate se i codanti sfogassero la loro rabbia in famiglia o sulle piazze? La rivoluzione francese diventerebbe, a paragone, una fiaba per bambini (*È in arrivo la coda celere*).

Ma l'ironia si intreccia spesso con la riflessione e anzi, in alcune circostanze, rappresenta il solo modo per affrontare notizie tutt'altro che allegre. Se la tragicità di *Quando la guerra è questione di virilità* viene smorzata esponendo le teorie di un giornalista inglese secondo il quale Saddam Hussein ha invaso il Kuwait per dimostrare al mondo di aver riacquistato la sua forza virile, appare esemplare, da questo punto di vista, *Per i bimbi d'oggi il pollo ha sei cosce*. Un'inchiesta condotta da un'agenzia specializzata ha dimostrato che i bambini romani non sanno più come è fatto un pollo: il dato drammatico («sempre più appare evidente come, giorno presso giorno, si faccia non drammatico ma addirittura tragico il divario tra la vita quotidiana in città e la natura») viene presentato attraverso la strategia dell'ironia tipica del Camilleri scrittore civile:

> La tragedia (permettetemi di chiamarla così senza ombra di ironia) aveva principiato però a mostrare la sua faccia qualche anno passato, quando dei bambini, sempre di città, avevano compreso, in un elenco di pesci, magari il "pesce-bastoncino". Scrivo queste righe e credetemi sudo freddo perché, vedete, questo è un abisso senza fondo. Vogliamo fare una scommessa? Sono pronto a fornire già da ora la risposta dei picciriddi se l'inchiesta venisse rifatta non dico tanto ma tra una decina d'anni: "Il pesce è un animale virtuale che naviga nelle acque virtuali dell'Internet. Per stanarlo dal suo sito la formula è: wwwzypescewzyx".

Nota ai testi

Le pagine raccolte in questo volume sono apparse per la prima volta sui quotidiani «Il Messaggero», «la Repubblica» (edizione siciliana) e «La Stampa» con il seguente ordine cronologico:

A noi, poveri anziani, lasciate almeno i vizi («Il Messaggero», 5 giugno 1997)
Fa troppo caldo? Godiamocelo («Il Messaggero», 13 giugno 1997)
Per i bimbi d'oggi il pollo ha sei cosce («Il Messaggero», 20 giugno 1997)
Il ribaltone sotto le lenzuola («Il Messaggero», 27 luglio 1997)
Scalfaro sullo schermo? Sì, tra Spectre e spaghetti («Il Messaggero», 10 agosto 1997)
E lo zingarello si nascose nell'armadio dell'Avvocato («Il Messaggero», 14 agosto 1997)
Il giorno che i morti persero la strada di casa («Il Messaggero», 2 novembre 1997)
Quando la guerra è questione di virilità («la Repubblica», edizione siciliana, 23 novembre 1997)
E la renna incornò Babbo Natale («Il Messaggero», 3 dicembre 1997)
Allucertoliamoci («Il Messaggero», 10 gennaio 1998)

8 marzo, quando le mimose ingannano («Il Messaggero», 8 marzo 1998)
Un siciliano e la sua doppia vita («la Repubblica», edizione siciliana, 12 aprile 1998)
Primo maggio. Portella e l'offesa di Scelba («la Repubblica», edizione siciliana, 1° maggio 1998)
Miseria e nobiltà del barone pistolero («la Repubblica», edizione siciliana, 7 giugno 1998)
E anche i detective in Italia hanno un'anima («Il Messaggero», 11 giugno 1998)
La videospia nel telefonino («La Stampa», 22 gennaio 1999)
Il galateo perduto delle stagioni («La Stampa», 3 febbraio 1999)
Montalbano e la realtà, così nascono i miei gialli («la Repubblica», edizione siciliana, 18 aprile 1999)
È in arrivo la coda celere («La Stampa», 23 giugno 1999)
Il mio debito con Simenon («La Stampa», 4 luglio 1999)
Elogio del vecchio contrabbando («La Stampa», 27 agosto 1999)

In questa antologia gli interventi non sono ordinati secondo un criterio cronologico. L'ossatura del volume è data da una sorta di "ritmo stagionale" scandito dalle prose legate a un ben preciso momento dell'anno. Da gennaio (*Allucertoliamoci*) si arriva così fino a Natale (*E la renna incornò Babbo Natale*) passando attraverso i mesi di febbraio (*Il galateo perduto delle stagioni*), di marzo (*8 marzo, quando le mimose ingannano*), di maggio (*Primo maggio: Portella e l'offesa di Scelba*), di giugno (*Fa troppa caldo? Godiamocelo*), di luglio (*Il mio debito con Simenon*), e di novembre (*Il giorno che i morti persero la strada di casa*).

Nel pubblicare questo libro desidero ringraziare innanzi tutto Andrea Camilleri che ha accettato l'idea di raccogliere alcuni suoi interventi giornalistici e che ha seguito con grande disponibilità questo lavoro. Ringrazio anche i direttori dei quotidiani «Il Messaggero», «la Repubblica» e «La Stampa» che hanno consentito la ripubblicazione degli articoli e i funzionari dei tre quotidiani che hanno risposto con cortesia alle nostre richieste. Un ringraziamento va infine alle preziose e pazienti Maria Luisa Bigai e Valentina Alferj.

G.C.

Indice

«Racconti quotidiani»
di Andrea Camilleri
Piccola Biblioteca Oscar
Arnoldo Mondadori Editore

Questo volume è stato stampato
presso Mondadori Printing S.p.A.
Stabilimento NSM - Cles (TN)
Stampato in Italia. Printed in Italy